題字　長沼透石

目次

ポロシリのＰＧに咲く花 ―― 5
あとがき ―― 81

（一）

ＰＧ（パークゴルフ）は、十四本のクラブを巧みに使いわける多様なゴルフとは違って、一本のクラブで最初のティーショットから最後のパットまで使い熟《こな》すシンプルなゲームである。

使用するＰＧのボールもゴルフのボールよりも大きくて重い。そのプラスチック製で直径6センチ95グラムの小さな握り飯大のボールを、重さ600グラムのクラブで思いっきしぶっ叩くので、誰もが豪快な気分に浸ってスキッとする。

打った時の快感は、ベースボールに近く、迫力満点である。処がどっこい、こいつがなかなかの曲者《くせもの》で泣かせてくれる。

何せ思い通りに飛ばないし転がってくれない。狭いグリーンの右を狙えば左へ曲る。左寄りのカップを狙えば、スライスして右サイド12センチの刺々《とげ》しいラフにすっぽり入ってしまう。

いやはやなんとも手強いＰＧボールで、七面鳥のように青くなったり赤くなったり、冷汗三斗の思いを噛《か》み締《し》める。還暦越《いいとし》えして洵《まこと》に情けない限り。それでいて面白くて止められないのだから殆ど重症である。専《ひたす》らカップインを目指して広大な十勝の荒野を荒武者のように駆けめぐる。

今、北海道は、ルールもプレーも簡単で、高齢者から子供まで直ぐに始められるＰＧが受けてブームの真盛り。居るわ居るわ。高齢化時代の年金族などが、自由な時間を満喫するかのようにＰＧ場のティーグランド脇のベンチ周辺に順番待ちに犇《ひし》めいている。どの顔も明るく健康そうで、嘗《かつ》て病院の待合室に屯《たむ》ろしていたしょぼくれたシルバー族だとは思えない変貌《かわりよう》であった。

此処《ここ》は、帯広市の十勝ポロシリ高原ＰＧ場の高原コースＡ。

1ラウンド18ホールのパー（基準打数）66の正念場になる後半戦は、ハーフ9ホールでパー33。

最終組の10チーム目（1チーム4人編成）のスタートは、1番で距離36メートルのショートホール、パー3。

既《すで》にオナー（先頭打者）の北島豪《つよし》は、ティーショットを終え、前半戦の高原コースBで抜きつ抜かれつの壮絶な闘いを繰りひろげたライバルの川村新吾のティーショットを、傍《かたわ》らから不敵な面構えで見守っている。

痩《こ》けた頬に走る長い縦皺に何かが秘められていそうな影を感じる豪は、いつも険しい顔付で笑顔を見せない。身長は高くないが、安定感のあるがっちりとした骨格である。

現在のチャンピオン《ディフェンディング》で前半戦までの首位を保っている。スコアは、パー33の処、2位の新吾と1打差の25で、アンダー8である。

ここ数年、チャンピオンの座を守っている根っからの勝負師で、しっかりとした打法からの正確なティーショットは、舌を巻くものがある。今も1打で易《やす》々とグリーンに乗せている。ピンまで僅《わず》か50チ《セン》余りである。

オナーの豪が1打でピン側《そば》まで寄せてしまうと、後《あと》に続く打者にプレッシャーがかかる。まして、人口十七万都市帯広のナンバー・ワンを決める大試合である。（少なくとも豪以上の好位置につけなくてはならない）と、1打差で豪を追う次打者の新吾に焦りが出てくるのは当然であった。

練習の時間もなくぶっつけ本番でプレーするPGは、オナーが未知な処へ最初に打ちこむので不利だと言われている。後《あと》に続く打者は、オナーの打ち方やコースの取り方、着地点を手本にミスしないように打てばよい。

処が、強《したた》かな豪は、オナーの不利を、1打で好位置につけることによって、後に続く打者へ逆にプレッシャーをかけるように変え、自分を優位に立たせてしまう。流石である。更に追討ちをかけるように豪の〝褒め殺し〟のセリフが、ティーグランドに立っている新吾にかけられる。

「新吾、上手《うま》いお前のことだ。1打でグリーンに乗せられるべ」

　地元小学校からの同級生で親友の新吾を励《はげ》ますようで、どっこいこれが豪の心理作戦第2弾である。そうとは知っていながら「上手《うま》い」と言われれば、期待に応《こた》えなければならないと思うのが人間の心理である。いいとこ見せようと思う気持とは裏腹に、金縛《かなしば》りのような重圧が体にかかって肝心な腕の振りが鈍ってしまう。メンタルなゲームの恐ろしさである。

　今流行の鍔《つば》の長いネイビーブルーの野球帽《キャップ》を浅く被り、長身痩躯の体に似合う白地に衿《えり》が濃紺の英国ブランド長袖ポロシャツを着た新吾は、豪の心理作戦に乗るまいと、透《す》かさず古風な表現でやり返した。

「私ごときが1打で？　ご冗談を上様《うえさま》」

　王者への敬意を皮肉混りにこめて一笑に付《ふ》した。

「俺が上様なら、お前は、ご老中って言う処か」

　緊張すると、鼻梁に汗をかく癖の豪は、上気した頬を挫さずに王者意識剥《む》きだしに言い返した。

癪に障《さ》わる豪の言い草である。そこには、通算で1打差《ワン・アップ》している豪の余裕すら感じられ、負けず嫌いな新吾の感情を一層煽った。目に見えない心理戦争が、両者の間で雷雲が放つ百萬ボルトの稲妻のように烈しくショートしている。

(その傲慢な鼻っ柱を、なんとかへし折ってやりたい)

新吾は、功を焦る戦士のように一刻も早く打ちこみたい衝動に駆られた。

(だが鳥居待《ちょい》ち。彼奴《きゃつ》の心理作戦にうっかり引っかかる処じゃないのか。勝ち気に逸《はや》って闇雲に打っちまったらどうなることか。危《やば》い、危《やば》い。ここは一番逸《はや》る気持をぐっと堪《こら》え冷静になるのだ)

強敵の豪に煽られて、何度苦杯を舐めたことであろうか。今までの数多い試合経験から得た貴重な教訓が甦ってくる。

すると(もうミスは許されない)と、勝負の崖っ縁に立たされた悲壮な決意が、ふっと掻き消えた。

代わって、まだ男らしい端正なマスクを保っている新吾の表情に微笑が戻った。と言うよりも、根っからPGを愉しむタイプらしく、彼本来の明るさに回復したと言えよう。暗い豪とは対照的であった。

プラスチック製の真四角な台に、人口芝風のカーペットを敷いた造りのティーグランドに立った新吾は、手首の柔らかさを充分に発揮させるために、クラブを握ったまま手首をグルグルと回転させ膝の屈伸運動も行った。

「おーっお前、後半戦に入ってますますやる気じゃねぇか。脅威《おっか》ねぇ、脅威《おっか》ねぇー」

新吾の意気ごみを感じとった傍《かたわ》らの豪は、狐目を瞬きながら半ば牽制《けんせい》を兼ねて茶化したが、相変わらずニコリともしなかった。

鮮やかな緑色に覆われたポロシリ高原PG場の背景に、北海道らしい勇壮な日高連峰が、青い屏風のように聳え、遙か西北の果てへ走っている。

PG場の真向かいの西南に位置している連峰の雄〝十勝ポロシリ岳（標高一八四六

メートル)〟は、三峰の一番奥に、その長大な裾を隠して顔だけを覗かせている。

六月のからっとした晴天の中、時折裾野を這う初夏の涼しい日高颪《おろし》が、新吾の紅潮した顔を冷ますように撫でつける。

午前十一時を過ぎると、木陰でも朝霧はすっかり消え、地盤の土も乾燥して固くなる。芝草は、北海道の酷寒に強いケンタッキー・ブルーグラス（外来種）で、フェアウェーは、丹念に刈りこまれている。打球がよく走る状態である。

狙う30メートル先のグリーンは、直径6メートルの高目な円形マウンド上にある。

これがゴルフなら、4番か5番のショートアイアンで高く打ち上げ、ピン側《そば》のグリーン上に旨く落とす処なのだが、ＰＧになると、何せ一本のクラブを使いわけて打つので、手加減が難しい。フライを上げるとしても、重い球なので山なりには上がらない。精々《せいぜい》甘いフライかライナー程度で、うっかり強打しようものなら、30メートル先のグリーンをオーバーして、ピン裏の厄介な5センチ程に伸びたセミラフに入ってしまう。

頁・行	正	誤
12頁・7行	4番か5番のショートアイアン	9番かP・W（ピッチング・ウエッジ）のショートアイアン
78頁・4行	ボートに成績順位表を	ボードに成績順位表を
82頁・3行	不安と期待の入り混った思いでは	不安と期待の入り混った思いは

＜ポロシリのＰＧに咲く花＞

外来種のラフは、和種の柔らかな芝草と違って葉の巾が広くて硬い。成長も早く、伸びた茎は、竹箒の細い先のように固い。打球は、この中に深く沈んで、上から被せ気味に強く叩くラフ打ちのテクニックを用いても、滑らかなフェアウェーに乗せるには一苦労する。下手するとダブルボギーの憂《う》き目をみる。ビッグな大会で、ラフ入りやOB（2打罰）は、優勝を、困難にするので絶対に避けなければならない。

肝心のコースは、右サイドに弓形の浅くて長いバンカー。平坦で直線のフェアウェーは中央に位置し、その真中に打球を邪魔する雪柳《ユキヤナギ》が一本駝鳥の羽を広げたようにこんもりと繁り、更に左サイドへ少しく間を置いて幼いアカエゾ松が一本植えてある。そのためにフェアウェーは、くびれた胴のように狭まり、意外と打ちにくい。

これが坂下への打ち下ろしや、フェアウェーの途中にバンカーがある場合など、又は、打球の走りが悪くなる雨降り後の濡れた芝草の場合なら肩の力を抜いた軽い打ち上げのフォームで甘《あま》いフライヤーをかけ飛び越えを狙うのだが、打球の走りがよくて直線の場合は、矢張り確実に打ちこめるゴロ打ちがPGの常套手段である。オナーの豪も、ゴロ打ちで成功している。風向きはアゲンストだが、重い球なので、少々の風には影響されない。

ティーアップの位置は、左腕の引っ張りが強過ぎて、打球が左に曲り易い癖を弁《わきま》えている新吾なので、ティーグランドの右端にとった。ここからだとフックしながら、丁度グリーンの中央に着地する。

アドレス（構え）は、スタンス（足の開き）を肩巾にとり、左足の踵《かかと》の線上にティーアップしたボールがくる位置に左足を置いた。爪先《つまさき》は、ピン方向に合わせてやや開き気味になる。体の中央部にかかっている重心は、バックスイングの方向へ自然に移ってゆく。肩に力が入っていては、ダフったり、トップになったりして遠方へ飛ばないので、クラブのグリップを柔らかく握って肩の力を抜いた。だが、左手は、しっかりとグリップを握っていて、打球がブレてとんでもない方向へ飛んでゆかないようにしている。

目指す33メートル先のカップ＝内径20センチ＝の中央に固定されている旗《ピン》は、頭上に近づいた初夏の陽の光をまともに浴びて白く輝いている。

新吾は、ピンをしっかりと見据えた。集中力が亢進《たか》まってゆく。あとはイメージ通りに技量が発揮できるかどうかである。

（ＰＧには、ゴルフのような打ちっ放なしの練習場が殆どないので、数多く試合を経験し、実戦の中で高度な技術を身につけ上達してゆく。遅かれ早かれ、軈《やが》ては一応のレベルに到達する。レベルが同じになると、勝敗の優劣は素質で決まってくる。具体的には、足腰の強靱さ、手首と膝の柔らかさ、体全体の柔軟さとバランスの良さなどである。新吾は、体造りのために長年に亘《わた》って毎日柔軟体操を入念に行っている。併せてバーベル、ステッパーなどの運動器具を使って筋肉を鍛えている）

愈《いよいよ》ティーショットである。新吾の微笑は消え、勝負に賭ける厳しい顔付に変わった。打球の距離は、目線でピンまでの距離を念頭に叩《たた》きこんでいる。目はティーアップした赤いボールから決して離さない。徐《おもむろ》に、クラブをゆっくりとバックへ引き上げる。パワーの蓄積《ちくせき》が最高に達した時、鋭く腰を回転させせながらクラブを急速に打ち下ろした。

ヘッドのスイートスポットを、赤いボールの真芯に直角にヒットさせ、インパクトの瞬間に打力を爆発させた。と言ってもショートホールなので、打力は、バネになる膝を屈折させて、手加減する。が、一瞬、右方向に力が偏《かた》よった感じから、打球の軌道を、柔らかな手首を左へ被せるように捏《こ》ねてピン方向へ修正した。右手は、車のハンドルのような役目をする。

バシーッと鈍い音を発した赤いボールは、フェアウェーの濃いグリーンを舐めるように転がってゆく。新吾は、打球の行先を瞬き一つせずじーっと追う。赤いボールの弾道が、修正通りに左へゆるくカーブを描けば、新吾の上体も、それに合わせて左へ捩《ねじ》り、明暗を分ける着地点を祈る気持で見届ける。

イメージ通り赤いボールは、ピン手前のグリーンに見事オン。カップまで僅か1米《メートル》余りで、しかも順目である。ほっとすると同時に(やったァ)と痛快な気分になる。これがあるからPGは止められない。

「ほおっ、流石」

豪の口から感嘆の声が挙がる。周囲のメンバーからも羨望混じりの騒声《どよめき》がおこる。

目を細めて悦に入る新吾は（これで豪と同様2打《バーディー》間違いなし）と、北叟笑《ほくそ》んだ。

「お前に、あそこまで打たれると、俺は男なのに、立つ瀬がねぇ」

目の前で連続して好打を見せつけられた3番打者の岡野助松が、自信を喪《な》失《く》して愚《ぐ》痴《ち》った。

（大丈夫、いつもの通りに打てばいいんだ）と、新吾は、励ましのことばを投げかけようとして、ゴクリと呑みこんだ。下手に声をかけ、助松にこれ以上のプレッシャーをかけては、反って迷惑になる。

「帽子《シャッポ》を四六時中被っていると、ご婦人方に禿親爺だと思われてしまうんで、それが癪なんだ」

強いプレッシャーを解《ほぐ》すために話題を変えた助松は、白い登山帽を脱ぐとズボンのポケットに捩《ねじ》こんだ。汗っ掻きらしく、剥《む》きだしになったバーコード・ヘアーの周辺にうっすらと汗が滲んでいる。

盆のような丸顔に団子鼻の先端が赤い助松は、漫画のアンパンマンにそっくりである。太鼓腹を隠すために常に柿色のベストを着ているが、それが反って腹の出っ張りを目立たせている。

私立大学の助教授を定年退職した植物学者である。その助松が、口癖のように〝新吾だけには負けたくない〟と公言している。小学校からの同級生で、学業成績は、秀才らしくクラスのトップ・グループにあり、プライドは人一倍強かった。

それが、PGの大会になると、学業成績下位だった新吾に今一歩の処で負けてしまう。未《いま》だに勝った例《ためし》がない。ここ一番の勝負処でミスってしまう助松を、口の悪い豪は「欠陥車」と称している。

いつも口惜しさを秘めている助松が、ゆっくりと巨体を揺さ振りながらティーグランドの中央に歩み寄り、愛用の黄色いボールをティーアップした。肥満体なのに動作は意外と敏捷で、打力《パンチ》は強力である。その力溢れるティーショットは、バチーンと空気を叩いたような烈しい音を発する。太鼓腹は、更に大きく膨らんで撓《しな》る。黄色いボールは、グリーンの芝草を裂くように転がりながら左サイドを駆けてゆく。

「あっ、あっー。いやァ、やァ、やァー」

勢い余る黄色いボールは、目指すピンを無視して脇を素早く駆け抜け、鬼門のピン裏のセミラフの中へ暴走球となって飛び込んだ。口をあんぐりと開けた失神直前の金魚のように呆然とした助松。もっと慎重に抑《おさ》えて打てばよかった、と後悔したが既に後の祭りである。

歯に衣着《きぬ》せぬひねくれ者の豪が、透かさず口撃した。

「ご婦人に、カッタイイとこ見せようと思って派手に打つからこのざまだ。助松は、ヤッパいいふりこきの欠陥車だべ」

小学校からのクラスメイトにズバリ本音を衝《つ》かれて、助松は、クラブを杖代りに大きくずっこけた。表向き辛口《からくち》であっても、こうした勝負のやりとりや駆け引き、泣き笑いの心情などが、気の許せるグループ仲間では、結構面白くて愉しんでいるのだ。しかも、仲間の誰かが必ずカバーするので恨みは残らない。

「ミスは誰にだってあるさ。まだ次に2打ある。焦らずにアプローチ（寄せ打ち）をしっかり打てば、必ずグリーンに乗る。大丈夫だ」

ＰＧでは先輩格の新吾が、ＰＧの良い処＝常に次回打に挽回の可能性がある＝を憶いだすように配慮して助松を庇《かば》った。

4番打者の瀬川弘美が、ティーグランドに立って、素振りを軽く行った。女性らしい柔らかで控え目な動作である。

弘美のウェーブした栗《くり》色の長髪が、渋いピンクのブラウスの肩を隠すように覆っている。北国育ちの雪肌を思わせる色白な手頸《くび》。唇は、ぽってりとした肉感に溢れ美味しそう。長髪の乱れを抑えるために被っている紺色のサンバイザーの庇《ひさし》の奥に光る愁《うれ》いを帯びた切れ長な眼。男心を惑わすロマンの香りが、均整のとれた容姿からムンムン発散している。

「しっかし綺麗なフォームだな。ゴルフも相当な腕前だったんだべ」

女性に目がない助松は、ゴルファー特有の大きく円を描く弘美の美しいフォームに、北海道弁丸出しに感心している。うっとりとした目付きで惚れこんでいる。

ゴルフからPGに転向した未亡人の弘美は、皆の注目を浴びてポーッと桜色に頬を染めながらティーアップした。

目の前で気負った助松の打ち過ぎを見ていた弘美は、抑え気味にクラブを振り下ろした。「パーン」と、乾いた音を立ててピンクのボールは、フェアウェーを地上摺《す》れ摺《す》れに飛行した。20メートル地点で着地して転がり、盛り上ったマウンド手前の窪地に力なく止まった。

「ナイスショット。あれでいいんじゃないの」

助松は、自分のミスショットを棚上げにして、恰も大先輩のような顔付で褒めた。首に巻いた絹のネッカチーフの裾を微風に靡《なび》かせた弘美は、白い歯を見せながらピンへ向かって足早に歩き始めた。

豪と新吾は、一足先にピン傍《そば》に来ていた。カップまで50㌢と1㍍の処に付けている豪と新吾は、難なくパットを沈め、仲良く第2打《バーディー》を奪った。首位は豪で、1打差で追う新吾であった。ここでも豪は、ニコリともしなかった。

ピンの裏側のセミラフに辿り着いた助松は、第2打を上から被せ気味に叩きつけるラフ用のスイングで、用心深く打ち下ろした。黄色いボールは、ふわーっと撥ね飛んでマウンドのグリーン中央に見事オン。後《あと》は、僅かな距離の順目で、第3打《バーパット》で決めた。弘美も第2打《アプローチ》でグリーンに乗せ、第3打《バーパット》でカップインした。助松と弘美は、首位の豪から4打差に開いた。

新吾は、バーディーをとると、次のコースへ気持が馳せた。

(PGの試合では、打球が小石に当たって思わぬ方向へ跳んでしまうような不測の事態にどう対処するかが優勝の鍵になる。懸念されるアクシデントに見舞われそうなのが、次の難コースである。厭な予感が走る。果たして誰が不運な籤を引くのであろうか……)

(二)

2番、平坦な直線のショートホール。距離33メートル、パー4。

フェアウェーに、打球の通過を妨げるアカエゾ松と白樺樹が合わせて五本点々と縦に並んでいる。この木立の狭い間を縫うようにして打たなければならない。両サイドは、上手なプレーヤーも匙《さじ》を投げる硬いラフ。フェアウェーの終点にグリーンを頂《いただ》く高いマウンドがある。その手前に、湾曲した大きくて深いバンカーが控え、中に小石がちらついている。左サイドも浅いバンカーになっている。ピンは、幅狭くて横長なマウンド上のグリーンの右端に立っている。ピンをオーバーして低地に転がると、恐いOBラインが迫っている。ティーショットをフェード（失速）気味に打つと、マウンド手前の深いバンカーに落ちてしまうし、かと言って強打すると、巾狭いマウンドを飛び越え、OBゾーンに突入する。フェアウェー上の邪魔な木立など、あれやこれやと思案すると怖じ気づいてきて腕の振りが萎縮してしまう。

「このコースは、無茶をせずに小刻みに繋《つな》いでゆくんだろうな。見てな、豪は刻んでゆくから」

消極的な戦法になることを、傍《かたわ》らの助松に解説した新吾の声は、意識的に大きかった。ティーグランドに立っている豪の耳に当然入っていた。

新吾の予測に、むっとした表情で反発した豪は、勝負度胸の良さを思わせる太くて濃い眉をぐっと動かせた。

いつもなら、もっと慎重になるのだが、どう言う訳か、今回は容子が違っていた。何故か、専《ひた》らに勝ち急ぐのである。しかも、1番ホールの好調さからも失敗は考えられなかった。豪は、やっては不可ない打ち過ぎを忘れてしまった。バックスイングを小さくとって、クラブを前へ強く押しだすようにして打つPGならではのショートホール用強打法を選んだ。白いボールは、真芯を捉えられ、グーンと一気に加速した。フェアウェー上の木立の間を掠めるように抜け、高いマウンド手前の湾曲した深いバンカーに勢いよく飛び込んだ。ここからならなんとか第2打《アプローチ》でグリーンに乗せられる。

「ホオーッ！」

多数のギャラリーが放つ驚嘆の騒声《どよめき》。が、一瞬の裡《うち》に悪魔のアクシデントに変わった。柔らかな砂地に球勢を殺《そ》がれ停止する筈の白いボールが、不運にも砂地の中の小石にパーンと当たった。

「ヒャーッ」

同情を混えた悲鳴が、ギャラリーからおこった。白いボールは、小石の硬《かた》い表面をステップ台にして大きくジャンプすると、高いマウンドを飛び越え、ＯＢラインのあるピン裏の低地に落下していった。

「てへぇーっ、不運《ついてね》ぇー」

豪は、天を仰いで痛恨の一打を嘆いた。苦渋《くじゅう》の顔に無念さが漲る。

(若しや？　ＯＢになったのでは)

豪の顔色が、さっと蒼白に変わった。

2番打者の新吾は、豪への心理作戦が功を奏したと思った。豪の二の舞にならないよう湾曲した深いバンカーの中間点を狙って抑え目に打った。赤いボールは、バンカーの中程にピタッと着地した。

第2打《アプローチ》は、ゴルフならバンカー用のクラブであるサンドウエッジを使う処だが、PGは、そうはゆかない。あく迄一本のクラブで、情況に応じて凡《すべ》てを打ちわけるのである。

新吾は、右足を赤いボールの脇に置くバンカー打ちの基本を忠実に守った。打球は、横長なグリーンの端に旨《うま》くオン。ピンまで約2米《メートル》の距離である。ここで気を抜いては不可ない。ショートホールの落とし穴はパターにある。グリーンに乗ったからといって雑なパットに走ると、カップを掠《かす》めたりする。殊《こと》にカップの縁《ふち》の土盛りが低いと、打球が金《かね》の縁《ふち》に当たって撥ね返る。新吾は、芝草の目や土盛りの具合を読んで、第3打《バーディー》になるパットを箒木で掃くように丁寧に決めた。

豪の白いボールは、ピンから7メートルの低地に止まっていた。OBラインぎりぎりの地点で雑草地帯である。豪は、胸を撫でおろした。

(俺は、まだ好運《つき》に見放されていない)

忽ちやったるぜと言う百戦錬磨の強かさと気概が甦った。苦境に陥ち入っても臆せずに次のチャンスに賭ける逞《したた》しい豪である。だが、ピンまでのラインは、順目、横目、逆目と雑草が複雑に入り組み、地形もアップダウンの連続で、酷く荒れていた。

第2打目《アプローチ》を、高いマウンド上のグリーンになんとしても乗せたい豪は、ラインが難しい時は無理をせず、小忠実《こまめ》に繋《つな》いでゆく正攻法のパッティングを変更し、一か八かの強攻策に出た。打球は、グリーンに乗ったものの、長居は無用とばかりに脇下のバンカーに再度転落した。豪の皺《しわ》の多い額に汗が滲《にじ》んでくる。焦る気持を懸命に抑えている豪の顔付が、泣きだしそうに見える。こんな女女《めめ》しい顔を見たことはない。異常な容子である。

（もう1打も外ずせない）

豪は、手の平で鼻面や額に浮かぶ汗を拭ぐうと、第3打をグリーン目指して慎重に打った。深いバンカーの中から撥ねあがった打球は、高いマウンド上のピンに近いグリーンにやっと乗った。ほっとした豪は、直ぐに第4打《パーパット》を決めた。不利なアクシデントを、パー4と言う最小限の犠牲で乗り切った豪である。

助松も弘美も、仲良くパー4であがった。

スコアは、通算で、豪と新吾はタイになった。だが、追い詰められた豪が見せる本領発揮の名人芸を何回となくみせつけられている新吾である。しかも、優勝に異常な拘《こだわ》りをみせている。次のホールから始まる豪の凄まじい逆襲の爆発が、新吾には怕《こわ》かった。

（三）

3番、直線のショートホール。距離32メートル《メートル》、パー3。登り坂《アップスロープ》で、逆目の打ち上げコース。緩《ゆる》やかな丘の8合目にピンが立っている。フェアウェーの中間点左サイドに山楓《ヤマモミジ》の樹が縦並びに二本植えてあり、丘の麓の右サイドに浅いバンカーがある。

丘の9合目から頂上まで厄介なラフになり、極端な強打は避けるべきだが、ある程度の強打でないと、8合目の傾斜《スロープ》上にあるグリーンを捉えることはできない。但し、ピンを越えた登りのグリーンに打ちこむと、第2打目《アプローチ》は、ダウンヒルの順目打ちになるので、軽く打ってもピンをオーバーしやすく、第1打目《ティーショット》は、あくまでピン手前のグリーンに落とすべきであろう。各ラウンドの9ホールの裡《うち》、必ず1打でグリーンに届くホールが、数個所セットされており、この3番ホールは、ホール・イン・ワンの可能性がある魅力のコースである。

真青に晴れ渡った十勝晴の広々としたPG場も、正午近くになると、大勢のパークゴルファー達で埋ってしまう。

彼等が伸び伸びと打つ白や黄、赤やピンクのカラーボールが、緑の草原を自在に飛び交う。その度に挙がる歓声や悲鳴。目ン玉剥《む》いて一喜一憂する人間模様が、実に面白い。

今、PGは、発祥地の十勝地方の幕別町から津波になって全国へひろがりつつある。

昭和五十八年、帯広市の隣り町幕別町の当時の教育委員会教育部長の前原懿《あつし》氏が、沢山ある田舎町の遊休公園を、みんなで遊ぶ生きいきとした公園にしようと言う発想からPGの原形を誕生させた。それから三十年近くを経過した現在、PG場は、北海道内で五百個所以上、道外で五十個所、外国で四個所と増加普及した。

膝許《ひざ》の人口三十六万人の十勝地方では、PG場が百四十個所以上、中心になる都市人口十七万人の帯広市の市内に二十個所以上もある。PGの愛好者数は、北海道内で優に三十五万人を超える勢いである。

平日、休日にかかわらず、降雨さえなければ、どこのPG場も、中高年のプレーヤーで賜わっている。

この十勝ポロシリ岳の裾野に造成された国際協会認定のポロシリ高原PG場も、大勢のパークゴルファーの人気を攫《さら》っている。

毎年、帯広市内の各PG場で、地域毎の予選会を開き、勝ち抜いた四十名の精鋭が、10チームに分かれて「オール帯広PGチャンピオン大会杯」の争奪戦を行う。文字通り、帯広市のパークゴルファー・ナンバー・ワンを決める最高の試合である。

帯広市長杯、帯広商工会議所会頭賞、北海道新聞社帯広支社長賞、地元有力紙の十勝毎日新聞社長賞など、トロフィや楯、TVなどの電気製品の豪華賞品が、表彰台脇のテーブルにずらりと並べられている。プレーヤーの小母さん達や小父さん達の目の色が変わるものも無理はなかった。

商品に余り関心を寄せない豪であったが、あるスポンサー提供の賞品の前にくると、ピタリと足が停まり、暫く喰い入るように瞶《みつ》めていたのが不思議であった。

3番ホールのオナーは、新吾であった。登り坂《アップスロープ》の打ち上げコースは、馴れているので自信が持てた。

(ティーショットを強目にして、ピン手前のグリーンに乗せること)

登り坂《アップスロープ》の逆目を読みに入れて着地点をイメージした新吾は、バックスイングを小振りに前への振り出しを大きくするスイングで、ゴロを打った。

バシッと力強く打たれた赤いボールは、失速することなくフェアウェーの芝草をさくようにして8合目のグリーンに辿り着いた。ピン手前2メートルの処である。後《あと》は、逆目の強いパットを打てばよい。第2打《バーディー》は確実になった。

2番打者の豪は、新吾が畏怖《いふ》したように猛反撃を開始した。

ティーグランドに立った豪は、32メートル《メートル》先のピンを睨みつけて動かない。集中力の高まりの凄さは、的を射抜くような鋭い眼光に現われている。まるで獲物に狙いをつけた豹の目付きである。恐くて迂闊《うかつ》に近寄れない。それでいて、天性の柔らかい手首を活《い》かした独得なフォーム＝肩の力を抜いたふわーっとしたスイング＝を見せる。

白いボールは、宙に大きく弧を描くフライヤーになって、ピン手前のグリーンまで飛んだ。着地しても球勢は衰えず、ピン目懸《めが》けて傾斜《スロープ》を登った。あわやホール・イン・ワンの転がりに、思わず新吾が叫んだ。

「やったかァ?」

だが、白いボールは、カップの縁10センチ《センチ》の処に惜しくも止まった。脇から観ている新吾は、肝を冷やした。

「ここは鴨コース。軽くバーディーとりだ」

豪は、どうだと言わんばかりに言った。

（親友であっても、勝負になれば、敵と味方だ）

日頃口癖に言う豪の鼻息の荒さに、新吾は圧倒されていた。結局、二人は、第2打《バーディー》でわけあった。

3番打者の助松は、二人の一歩も譲《ゆず》らない打ち合いレースに乗り遅れまいと懸命であった。ティーショットを、ピン下のグリーン目懸《めが》けてスカーッと気持よく打ったが、又してもインパクトが強過ぎた。黄色いボールは、ピンを4メートルもオーバーして、9合目のラフの中に飛び込んだ。

「ああ不可ねぇ。打ち辛《づら》いラフに、ダウンヒルの第2打《アプローチ》ときている。これだもの、俺は万年助教授だべさ」

助松は、泣きっ面を見せて愚痴った。アンパンマンそっくりの顔である。泣きっ面を見せても笑っているようで、傍の弘美は、背中を丸めて笑いこけた。新吾も思わず吹きだした。学者とは思えない庶民肌で剽軽な助松に、誰もが親しみを抱いていた。

笑いこけて集中力を失ったのか、4番目の打者弘美は、ティーアップしたピンクのボールから目を逸《そ》らした。スイングも左肩下がりの小振りになった。インパクトは弱くなり、打球は、スライスしながらピンから遙か手前の右山裾にある浅いバンカーに飛びこんだ。

「パークゴルフって、性格が直ぐに出ちゃうのね。大まかで斑気《むらつき》、目を離しちゃ不可ないとわかっていながらやっちゃうんだから、私って莫迦みたい」

バンカーへ急ぐ弘美が、息弾ませて追いついてきた太鼓腹の助松へ自嘲気味に言った。

「大まかなのは道産っ子気質で、みーんな同じだべ。俺なんか、その上に軽佻浮薄《おっちょこちょい》が付《つ》くんだから厭になる」

弘美は、再び皓歯を見せて笑った。助松は、バンカーの中を覗いて言った。

「この浅さならボールを出しやすいべ。登り坂の打ち上げショットを、思いっきし打つんだな」

弘美は、アドバイスもありがたかったが、それ以上に、こうして何かと親切にかまってくれるのが嬉《うれ》しかった。

数年前に胃癌で亡くなった弘美の亭主は、相当な年齢の開きはあったにせよ、稀《まれ》にみる暴君であった。

「おいッ、お前っ、何やってんだァ、莫迦ったれが」が口癖で、朝から晩まで牛馬の如く弘美を扱《こ》き使った。亭主のゴルフに同伴して、弘美がダブルボギーを叩くと「お前は雑なんだ、莫迦ったれが」と大声で貶《けな》し、バーディーをとっても「莫迦ったれが」と嘲笑して褒めることは一度もなかった。

弘美が未亡人になると、近所の奥さん連中との交際が増え、誘われてPGを楽しんだのが契機であった。丁度、ゴルフに年齢的な体力の限界を感じていたので、転向は、渡りに舟であった。

PGのルールにはゴルフのような濃《こま》やかで肩苦しい厳格さはなかった。試合中にプレーヤー同士のお喋りも大目にみられた。用具も簡単でクラブ一本とボール、ティーのみで、容易《たやす》くプレーが愉《たの》しめた。時間も一時間半程度で無料であった。しかも、かなりの距離をプレーしながら面白可笑しく歩くので、健康に頗《すこぶ》る良かった。弘美が、とても気に入《い》っているのは、亡き暴君とは違って、誰もが分け隔てなく弘美を人間として大切に扱ってくれることであった。

弘美は、着地点のグリーンを目で確かめると、第2打《アプローチ》を思いきって打った。バンカーを脱出したピンクのボールは、ピン手前50チセンの処に止まった。目を輝かせた弘美は難なく第3打《バーパット》を沈めた。

助松は、下り坂《ダウンスロープ》の第2打《アプローチ》になった。手強いラフからの脱出に捉われ強目に叩きつけたので、打球は勢いよくダウンヒルを転落、グリーンをオーバーしてピン手前4メートルの地点に止まった。今度は、逆に打ち上げである。助松は、南無阿彌陀仏と念じながら、パットを強目に打った。黄色いボールは、逆目のグリーンを駆け上り、運良くカップインした。

前半戦の成績は、首位の豪と新吾はタイ。助松と弘美は、トップから5打差に開いた。

愈中《いよいよ》盤戦に突入する。

（稼せげるホールは、確実にものにする）

バーディー・ラッシュから独走態勢に入って終盤戦を有利に展開しようとする豪の腹心算《づもり》である。新吾は（リードされないように無心に従《つ》いてゆくだけ）と臍《ほぞ》を固めた。

(四)

4番、ミドルホール。距離45メートル、パー4。

マウンド手前で右サイドへ軽くドッグレッグした平坦なコース。

フェアウェーの右サイドは、丘陵に接したラフ。左サイドは、ラフの中にアカエゾ松の樹が二本縦に並び、フェアウェーの奥左サイドに厭なS字型の浅いバンカーがある。やや右サイド寄りのマウンドは、高目の楕円形。その右サイドにもバンカーがある。ピンのある高目のマウンド周辺は、でこぼこが烈しい荒地で、マウンドの裏側4米《メートル》の処には、背の低いアカエゾ松の柵が並び、周囲をOBラインの杭が囲んでいる。

ショット、パットの好調さを持続したい豪は、苦手なコース意識から逡巡している新吾に「俺が先に打つ」と断ってティーショットを打った。無駄のない振子のような鮮やかなフォームである。クラブのスイートスポットに白いボールを器用にのせ、フライヤー気味に打ち上げる。打球は、フェアウェーを心地よく飛び、ピン手前10米《メートル》位の処で着地すると、一直線に転がって、高目のマウンド下に旨《うま》く辿《たど》り着いた。

「9ホールの裡《うち》、必ず性に合わないコースがあるもんだ」

助松が言うように、このホールは、新吾にとって気乗りのしない嫌いなコースであった。豪のように1打目でマウンド下に打ちこめば文句はないのだが、打つ方向と手加減を正確に掴《つ》かめないために、殆どが左サイドの突き当たりにあるS字型バンカーに入ってしまう。何度挑戦しても旨くゆかなかった。こう言う不向きなコースは、大振りを避け、地道に我慢のPGに徹すればよいのだが、目の前でライバルの豪が好打を披露している。負けたくない気持がむらむらっとおきてくる。

新吾は、左サイドのバンカー突入を避けるため右足を半歩後《うし》ろにさげ、右斜め向きのアドレスからティーショットを打った。だが、気負いから肩に力が入り、左腕の引っ張りが強い悪い癖がでてしまった。赤いボールは、低い弾道を描いて力強く飛んだが、途中で失速、35メートル地点のフェアウェーに降りると、そのまま一気に転がって、左サイドのS字型バンカー脇を駆け抜け、奥のアカエゾ松の柵手前1メートルの処に止まった。アップ・ダウンの烈しい荒地で、第2打目《アプローチ》は難しい。新吾は、拳で自分の額を叩いて不器用さを嘆いた。

3番打者の助松も、ショットが荒れ気味で、左サイドのバンカーに打ちこんだ。

4番打者の弘美は、慎重に打って、35メートル地点のフェアウェーの右端にピンクのボールを止めた。

ピンまで僅かな距離に打ちこんだ豪は、第2打目《アプローチ》でグリーンに乗せ、第3打をカップに沈めた。見事なバーディーである。

新吾は、でこぼこな荒地を計算に入れて第2打目を強目に打ったが、高目のマウンドに乗り上げる寸前に失速、逆戻りに転げ落ち草地に止まった。気を取り直した新吾は、第3打でグリーンに乗せ、第4打《パーパット》を気合でねじこんだ。

再び、豪に一打差のリードを許した新吾は、無念さを噛み締《し》めた。

「パターと女房は、思うようにならない」

助松は、真顔で嘯《うそぶ》くと、バンカーから高目のマウンド目懸《めが》けて第2打《アプローチ》を打った。

その容子は、日頃の家庭のストレスを砂地に爆発させているようで正確さを欠き、砂煙をあげてダフッた。転がり出た黄色いボールは、失速して高目のマウンドに届かず、手前の低地に力なく止まった。

新吾は、恐妻家の助松の愚痴がわかるような気がした。

「それは、ある夜、間違いなく突然やってくる。亭主が、いくらその気になっても、肝心のものが、さっぱし言うこと効《き》かねぇんだ。もう駄目、死に死にさ」

糟糠《そうこう》の妻を抱けなくなった良人の助松は、男性失格の烙印を押され夫婦生活に訣別したと、だいぶ前に新吾に打ち明けていた。誰もが経験する中高年者の憐れな宿命である。それまで肉体の繋《つな》がりで夫婦仲をなんとか保ってきたのだが、精神的なものだけになると、急に冷えこみ、ギスギスした関係に変わった。

(長年辛苦を共にして培《つちか》った夫婦の仲は、一体なんだったのか。愛の錯覚だったのか)

老いた夫婦の曲り角で、言い争いが絶えず、性格の不一致から離婚ケースもでてくる。

男勝りの女房は、男性失格の亭主を腑《ふ》抜け扱いにして、主従の関係が逆転する。亭主は、家の中では、鬼より恐い女房に頭があがらず、何一つ思うようにならない。助松は、反動的に、糸の切れた凧のように戸外で羽を伸ばす男に変わった。

「定年退職した余生幾莫もない第二の人生さ。くよくよしたってはじまらない。面白可笑しくやるしかないべ」

生き方を転換させた助松は、女性観も「同じ檻の中に猿の雌雄を長年同居させておくと、互いに異性意識がなくなり、繁殖行為も見られなくなってしまう。処が、その雄猿に新たに若い雌猿を当てがうと、忽ち雄の機能を回復させる。人間だって同様さ。俺は、女房以外の女性と可能な限り交際する」と、勇ましく宣言していた。

弘美は、ピンまで10メートルを残していた。第2打《アプローチ》を高目のマウンド脇に打ちこみ、第3打でグリーンに乗せ、第4打《パーパット》で沈めた。同様に、助松もパー4であがった。首位の豪との差は、二人とも6打に開いた。

次のホールも、豪の好調が続き易《やす》いホールで、新吾は、挽回はならずとも、前回同様になんとか豪に喰《くら》いついて現状維持を計りたかった。

(五)

5番、平坦な直線のショートホール。距離30メートルパー3。

平凡なコースだと思って見縊《みくび》ると痛い目に遭う。打球を邪魔するためにフェアウェーの中央と、少しく間を置いた左右に白樺の細い木が植えてある。そこをなんとか抜けると、高目の横長なマウンドにぶつかる。マウンド上のグリーンは、処々芝草の目が変わっていて、更に地肌が剥《む》きだしになっている個所がある。グリーンをオーバーすると、5メートル位の先にOBラインがミスショットの鴨を待っている。

オナーの豪は、ショートホールなので、両足の間隔を狭め、下半身をしっかりと安定させた。的のピンを鋭く睨み、方向と距離をイメージすると、ティーアップした白いボールに目を下した。小さめにゆっくりとしたティーバック。白いボールの真芯を捉え、フォロー・スルー（押し出し）を強くするPG用のティーショットに、打球はフェアウェーを這うように飛んだ。邪魔な木立への衝突を避けた心憎い低空飛行である。

白いボールは、巧みに木立の間を潜り抜けると、高目のマウンドをゴロで登り、グリーンの中央に定規で計ったようにピタッと止まった。ピンまで1メートルの地点である。

「実際上手《うま》いなぁー」

お世辞抜きの感嘆の声が、周囲からおこった。

「一打目は、二打目を打ち易い処に運ぶためにあるのさ………悪いけど、バーディーもらった。お先に失礼」

豪は、いとも簡単にカップインした。

先にバーディーをとられると、2番打者は、やる気を失くしてしまう。新吾は、クラブを抛り投げたくなる気持を堪《こら》えてティーグランドの右端に立った。フェアウェー上の木立の間を旨く抜けるための斜め一直線打ちである。意図した通りティーショットは、邪魔な木立には当たらなかったが、インパクト不足で、高目のマウンド手前に止まった。これで5番ホールの勝敗は決まった。新吾は、第2打《アプローチ》でグリーンに乗せ、第3打《パット》でカップインした。首位の豪との差は、2打に開いてしまった。

3番打者の助松は、ティーグランドにあがったものの、何かしら落着きがなかった。傍《かたわ》らで順番待ちの弘美が、クラブを軽く振って調子を整えている。色っぽい顔立に加え、良く発達したヒップの肉付きの容子《ようす》が派手なカラーのネイビーブルーのスリムパンツを通して手にとるように想像できる。

弘美がスイングをしたり、歩き回ったりする度に、まるで形の良い富良野メロンを思わせるようなヒップが、プリンプリンと美味しそうに弾んで揺らぐ。

大勢の中高年のプレーヤー達の粘《ねば》っこい視線が、夕だちのように弘美の容姿に注がれている。

気が気でない助松は、ティーショットへの集中力を欠いて、フェアウェーの真中に植えてある白樺樹の根許《ねもと》に打球を諸《もろ》に撲つけてしまった。樹の根許に巻いてある防護用のゴム板が鈍い音を発した。黄色いボールは斜めに撥ね跳んで左サイドのラフとの境界線ギリギリの処に止まった。

「グヘェー、畜生ッ」

助松は、手にしたクラブをティーグランドの脇の芝草に叩きつけて悔《くや》んだ。

思春期のような感情を露《あらわ》にする助松を視て、新吾は羨しく思ったが、しかし、性格的にも二兎を追う気持にはなれなかった。

新吾も、高齢者夫婦が直面する切実な障害を乗り切る最中であった。

実直な妻の直子は、全国に一千万人はいるといわれている閉経時からの更年期障害に強く取り付かれ苦しんでいた。卵巣ホルモンのバランスの崩れがもたらす様々な障害症状＝のぼせ、盗汗、動悸、目眩、関節炎、腰、肩などの痛み。不安と苛立《いらだ》ち＝この心身共に大きな転換期になる更年期障害は、直子を無口にさせた。

家々に灯《とも》が点《と》る頃帰宅した出版者経営の新吾が、玄関で「只今」と言っても、いつものように「お帰り」の返事を言わなくなった。茶の間に入ってゆくと、電灯を点けずにソファーの上に正座している。

「どうした？　蛍光灯《あかり》もつけずに」

新吾は、直ぐにスイッチを入れ、室内を明るくすると、窓のカーテンを閉めた。

「気にはならないの。暗い処がいいのよ。誰にも会いたくないし、何処へも行きたくないの」

腰痛に色白な顔を歪《ゆが》めた直子は、唇の上にできた小皺《こじわ》を右の指で伸ばしながら説明した。かなり重い鬱《うつ》の状態に陥《お》ち入っている。

妻の顔から笑顔が消えてしまうと、家庭は暗くなる。これでは不可ないと案じた新吾の頭に、ある学者のことばが憶い浮かんだ。

「更年期は、女性の新しいスタートライン。自分の体の変化と上手に付き合う方法を考え、再生の第一歩を旨く捉《とら》え直すこと。自律神経をコントロールするための適度な運動が必要である。」

(少しでも役に立てば)と考えた新吾は、出渋《でしぶ》る直子を近くの緑ヶ丘公園PG場へと連れだした。それが、意外にも効果があった。

力《パワー》で勝る新吾は、遠方へ跳ばすティーショットに勝るが、無理をせずに丁寧《ていねい》に打つアプローチやパットになると、直子が上手であった。殊《こと》にアプローチに抜群の腕前を見せた。

屢々《しばしば》新吾を打ちのめして悦に入る直子は、PGの面白さや楽しさを覚え熱中した。

新吾夫婦は、日課のように繁しくPG場へ乗用車で通うようになった。同乗する車内で夫婦の会話も弾んだ。直子の不眠症も治った。体の節々の痛みなどの諸症状も薄らぎ、家庭内に明るさが戻った。

4番打者の弘美は、ティーショットを旨く打った。フェアウェー内の右寄りに植えてある白樺樹を巧みに躱《かわ》しながら転がったピンクのボールは、高目のマウンド手前に止まった。

助松は、ピンから10メートル手前のフェアウェーとラフの境界線に打ち込んだ黄色いボールを、押し出すような当て打ちを行って高目のマウンド脇に寄せた。幸いピンは、直ぐ上のグリーンにあった。助松は、慎重にパットを決め、パー3で納《おさ》めた。弘美もパー3でカップインした。二人は、首位の豪と7打差になった。

次のホールは、中盤戦のラストで、最もPGらしさを発揮できる男性向きのコースである。それなりに何がおこるかわからない。期待と不安の入り混った気持で、新吾は、次のホールへ移動した。

(六)

6番、平坦な直線のロングコース。距離100^{メートル}、パー5。

誰もが無心に還《かえ》って力一杯ぶっ飛ばすことのできるロングコースは、野性味たっぷりな豪快さを堪能《たんのう》できるし、少しでも遠くへ飛ばしたいと念じるプレーヤー達の夢の場でもある。

スタートのティーグランドから、かなり幅広いフェアウェーがピンまで続いている。右サイドは、緩やかな傾斜《スロープ》が続く丘の裾で、セミラフに覆われている。フェアウェーの途中30メートルの地点に、長さ20メートルの長方形で底浅な大型バンカーが設けられ、その右端の縁周《ふちまわ》りは、狭いグリーンになっており、アカエゾ松の樹が一本植えてある。バンカー左サイドも狭いグリーンで、直ぐに隣接する別なコースのラフが迫《せま》り、その境界線にOBラインがある。カップのあるマウンドは低めで、グリーンの目は整っていて打ち易《やす》い。

問題は、ティーショットをどこに打ちこむかである。

(バンカーに掴《つ》かまる公算は大きいが、それでもバンカー越えを狙って一直線に打ってゆく正攻法を採《と》るか。又は、OBになり易《やす》い左サイドの狭いコースに、飛距離を伸ばすためにリスクを承知で打ちこむか)

決断に時間の余裕があれば、豪との肚の探り合いから大体の見当は付《つ》くのだが、既にティーアップしている豪である。そんな余裕はない。新吾は、自分より上手な豪のコースの取り方を見て決めることにした。

処が、手の裡《うち》を見せない豪は、矢張り強《したた》かであった。新吾には到底真似のできないコースを胸に秘めながらティーショットを打った。

それは、充分に打力《パワー》を貯めて、インパクトの瞬間に渾身《こんしん》のパワーを爆発させる迫力満点の豪快なスイングで、クラブのヘッドは、空気を裂いて唸った。観ている新吾達が、思わず身顫いする凄さであった。

白いボールは、ロケットのようにビューンと尻上りに加速上昇、右サイドのアカエゾ松の小枝を掠め、丘の中腹のセミラフの中に飛びこんだ。飛距離は優に70メートルを超えていた。通常飛ばし屋のプレーヤーでも、70メートル以上は滅多にでない。

「ドヒャーッ、豪の奴《やつ》ったら」

意表を衝《つ》かれたコースと飛距離の大きさに、助松が太鼓腹を反りかえらせて大仰に喚《わめ》いた。

(真逆？　あんな場所に)

新吾も、完全に面喰った。

(口惜しいが、俺には真似ができない)

怖じ気づいた新吾は、反射的に正攻法を選んだ。ティーアップした新吾に、豪が声をかけた。

「飛ばし屋の新吾、腕の見せ処だべ」

「いやー、できっこない」

新吾は、首を横に振って本音を語ったが、無意識に肩に力が入ってしまった。そうとは気付かずに、新吾は、ティーショットを打ったので右肩が前かがみに下がり、赤いボールの下の台を叩くダフリになった。低く弧を描いて飛んだ赤いボールは、打力不足から途中で失速、バンカーの奥地に着地した。そのまま惰性で転がりながら浅いバンカーを越え、フェアウェーの芝草の中に止まった。飛距離は、50《メートル》強と惨めであった。

豪は、心理作戦で、新吾にしてやられた2番ホール目の仕返しを、今果たしたことになった。

助松は、不調の新吾を視て発奮した。(今こそ見返してやる)と、ティーショットを思いっきり打ったが、顎があがっていて豪快な空振りに終わった。助松の巨体が大きく一転して、ティーグランド上に音を立てて尻餅を搗《つ》いた。ドオーッと皆が目を細くして笑った。「尻餅は、縁起がいいんだ。だって尻餅、白餅、しろぼし、白星だべさ」

助松は、やおら起きあがってティーショットを打ち直した。気負いが解《ほぐ》れ、リラックス・ムードのショットになったので、距離は60メートルと新吾よりもかなり飛ばした。

弘美は、バンカーの中程、距離にして40メートルの地点に打ちこんだ。

「ゴルフを十三弦の琴とすれば、ＰＧは一弦の琴って言う感じね。簡単なようで、やればやる程難しく思えてきてわからなくなるのよ」

女性らしい捉え方で、弘美は、不思議そうな顔を示して言った。

「一見して粗野《あらっぽい》けど、それなりに読みとテクニックが必要なんだよ」

助松は、弘美と一緒に肩を並べて歩きながら、アプローチの場所へ移動した。


丘の中腹に立った豪の第2打は、ダウンヒルからの打ち下《お》ろしになった。打ちにくいセミラフなのに、豪はクラブで叩きつけながらも巧みに打球の真芯を捕えて打った。

白いボールは、ノーバウンドで25メートル以上を飛び、低いマウンドに白鳥のように舞い下りた。見事にグリーンを捉《とら》えた白いボールは、ピン側《そば》1メートルの処にピタリと止まった。

滅多に見られないスーパーショットである。誰もが唖然となった。自信に溢れた表情の豪は、第3打《イーグル》を簡単に決めた。

新吾は、第2打《アプローチ》になる中間の地点に来てみて、正攻法を選んだ自分の作戦の失敗に気付いた。打球の赤いボールは、硬目《かため》で密度の濃いケンタッキー・ブルーグラスの逆目の中に沈んでいた。最悪である。力一杯叩いても距離は出ないし、フライヤーも打ちにくい。豪が丘のダウンヒルを選んだ理由がやっとわかったが、時既に遅かった。

(豪に負けた)と新吾は思った。すると、重しが取れたように気軽になった。勝敗よりも、無心に打ち興じる心境になった新吾は、ラフ打ちの基本通りに芝草の底に沈む赤いボールの脇に右足を置き、クラブを被せ気味に叩くようにして打った。

運良く第2打《アプローチ》は成功した。

(忘れていた無心さの回復だ)

ラフを脱出した赤いボールは、意外と飛距離を伸ばし、低いマウンド手前10《メートル》の処に寄った。第3打《パット》で低目のマウンドに乗せ、第4打《バーディー》でカップに沈めた。

助松は、第2打《アプローチ》を強打した。黄色いボールは、マウンド手前1メートルの処に止まった。悪くてもバーディーは確実である。ルンルン気分になった助松は、マウンド手前30メートルに寄せた弘美のコーチ役を、乞《こ》われもしないのに買ってでた。

「芝草の色が濃いと逆目、色が薄いと順目なんだよ」

嬉々《きき》として教える助松に、弘美は、微笑を返していた。嘗《かつ》てはゴルファーだった弘美である。芝草の色で目を判断すること位は知っていたが、助松のせっかくの好意を踏み躙《にじ》る訳にはゆかなかった。図に乗る助松は、試合の後《あと》に、ポロシリ岳の裾にある丘の上のカウベルハウスへ行って、造り立てのアイスクリームを食べないかと厚かましく誘った。

カウベルハウスは、十勝ポロシリ岳の雄姿を真近に眺望できる帯広市営の八千代公共育成牧場内にある宿泊施設付の食堂で、絞り立ての牛乳から造るアイスクリームは、舌が溶ける程美味しかった。

弘美は、温和な眼差しを挫《くず》さずに「新吾さん達と一緒にならね」と、曖昧に答えた。

(お前、真逆？　新吾に気があるんじゃなかろうな)

思わず口に出かかった助松であったが、年配者として、余りにもはしたなく思え言いだし得なかった。それに親友の新吾である。女性のことで仲違《なかたが》いはしたくなかった。

助松は、見込み通りバーディーであがり、弘美は、パー5でカップインした。

首位の豪との差は、新吾が3打、助松は8打、弘美は9打に開いた。

中盤戦は、予想通り豪の独走になった。しかし、終盤戦でどうなるのか、無心に打ち興じる心境に戻った新吾の追いこみが効を奏するのか。それとも何かの意図を抱いて突っ走る豪の逃げ切りになるのか。勝負の行方は、全くわからなかった。


その新吾に気懸りなことがあった。妻の直子は、以前に帯広市営の野草園で観た黒百合の花が忘れられなかった。

黒百合は、黒みがかった紫色の花をさかせるユリ科で、花の数も多かった。地味だが、控え目な貴婦人を思わせる優雅な愛らしさがあった。帯広市の花に指定されているが、乱獲や開墾が祟って、市営の野草園と、八千代牧場の沢地など、極《ご》く限られた場所にしか見られなくなった。

地味好みの直子は、性に合う黒百合を欲しがった。自分の家の小さな庭の一隅に植え、大切に育てるのが夢であったが、手に入りにくく、未だに実現しなかった。ならばせめて写真でも、と新吾は思い立ち、ポロシリのＰＧ場に来たついでに近くの八千代牧場の沢地までカメラ片手に足をのばした。目を皿にして黒百合を探索《たんさく》したが、誰かに盗掘されたのか掻き消えたように見つからなかった。新吾は、落胆の面付で踵を返した。

(七)

7番、直線のショートホール。距離30メートル、パー3。

丘の中腹にあるピンへの打ち上げコース。

ティーグランドから20メートルの処のフェアウェーの真中に五葉松が一本植えてあり、唯一の障害物になっている。五葉松の右側のフェアウェーは狭くて、直ぐに荒いラフが迫っている。左側のフェアウェーは広いグリーンだが、ラフが丘の裾まで覆っていて、ピンを1メートルでもオーバーすると、中腹の手強いラフに掴《つ》かまってしまう。

終盤戦に入ると、誰もの顔に疲労の色が濃くなってくる。それを察してか、黒飴を手にした弘美が、新吾に近づいて言った。

「ハイ、これ、疲れがとれてよ」

弘美は、色白な手で黒飴を新吾の胸ポケットに捩《ね》じ込んだ。何かと好意を寄せる弘美に、新吾は戸惑っていた。気持はありがたいが、年齢的にもそれ以上の進展は煩《わずら》わしかった。かと言って好意を傷つける訳にはゆかない。

「ありがとう」新吾は、嬉しい気持を顔面一杯に現わすと、然《さ》り気なく「助松にもやって」と、熟年の気配りを見せた。

「えゝ、あげるわよ」

新吾の嬉しい顔を見ただけで満足した弘美は、近くにいる別チームのプレーヤー達と話し合っている助松にも黒飴を手渡した。

「これがあるから、美人さんと一緒のゲームは止められない」

助松は、目を細めて黒飴を頬張った。

弘美は、新吾達が見せる熟年の理性の効いた配慮や言動を好いていた。

豪のティーショットは、相変わらず冴えていた。白いボールは、計ったようにピン下50㌢《セン》のグリーンに止まった。負けじと新吾は、五葉松の左側のフェアウェーを狙って打ち上げた。イメージ通りにピン手前1㍍《メー》のグリーンにオン。豪と新吾は、難なく第2打《バーディー》を決めた。

助松は、インパクトの前に体が開き、クラブのヘッドが遅れて出たために、黄色いボールを擦《こす》る打ち方になった。打球はスライスして手古摺《てこず》る右サイドのラフに打ちこんでしまった。助松は「全く不運《ついてね》ェや」と愚痴《ぼや》くと、好運《つき》を招く祈りを始めた。

「飴を舐めたからアーメン。どうか好運《うん》が付きますようにアーメン」

助松は、太鼓腹から摺《ず》り落ちそうになっている縞模様のズボンを強く引き上げた。

ティーグランドに立っている弘美が、怪訝《けげん》な面付で、直ぐに目を逸《そ》らせた。

「こうしてズボンをギュッと持ち上げれば、尻穴《けつ》にパンツが喰いこんで運が付くンだべさ」

「いやーねぇ」

拒絶反応を見せながらも、弘美は吹きだしてしまった。それが弘美の緊張を解《ほぐ》した。宙に大きく弧を描く美しいフォームからくりだされた打球は、快心の一撃になった。中央の五葉松の左側を掠めて通過したピンクのボールは、線を引いたようにピンの根許に吸い込まれていった。

助松が、あたふたと巨体を揺さ振りながらピンへ駆け寄った。

「ウヘェー、やったァー　やったぞーッ」

万歳をした助松が、ティーグランド上にいる弘美へ、振り返りざま大声で知らせた。

弘美は、まだなんのことだかわからなかった。

「やったんだよーッ、弘美さーんッ」

助松は、顔を真赤にして、再び大声で快挙を知らせた。それで弘美は、やっと気付いたが（真逆?………ホール・イン・ワンなんて、あり得ないわよ）と信じられなかった。

後続の別チームのプレーヤー達が、足早にやって来て「おめでとう」の祝福を贈った。

「えーッ、えッ、本当、本当なのッ」

漸く快挙を納得した弘美は、頭の中が真白になり膝が顫《ふる》えた。生まれて初めての経験に嬉しくて泪曇った。急いでカップへ駆け付けた弘美は、天にも昇る心地で、カップの底に沈んでいるピンクのボールを素早く拾い上げた。打った時の心地良い感触が甦えり、ホール・イン・ワンの素晴らしい醍醐味《だいごみ》を改めて堪能した。

「やっぱ運が付くように祈った甲斐があったわい。只俺様に来ないで弘美さんに行っちまったけンど、口惜しいが、まあいいんじゃない。大好きな弘美さんでよかったべ」

助松は無論のこと、新吾に豪までもが、弘美の柔らかい手と祝福の握手を交わした。

弘美の快挙は、広いPG場にいる大勢のプレーヤー達に瞬く間に知れ渡った。何せ魅力溢れる容姿の弘美である。近づける何かの契機《きっかけ》を欲しがっていた中高年の男達は、我も我もと弘美の処にやってきて握手を求めた。

「貴女《あんた》の好運《つきうん》と、儂《わし》の悪い運とを交換《ばくっ》て欲しいわ」

中には、住所や電話番号を訊《たず》ねる図々しいシルバー族もいた。

弘美は、嬉しさの余り「仲間《みんな》で食べにゆくカウベルハウスのアイスクリームは、私が奢ってよ」と、気前よく言った。


ラフの中に打ちこんだ乱調の助松は、ボギーを叩いてパー4であがった。

豪と新吾の3打差は変わらず、助松は10打差、弘美は8打差になった。

新吾達は、優勝ラインを想定するために、他チームのメンバー達とスコアの情報交換を行っていた。どうやら豪が首位らしい。となると、豪のスコアに少しでも追い付けば、夢である優勝圏内に入ることができる。試合は、泣いても笑っても、2ホールを残すのみとなった。愈白熱《いよいよ》の追い込みである。新吾は、気合を入れ直すと、次のホールのスタートになる丘の上を目指して、丸太で組んだ階段を駆けあがっていった。

(八)

8番、ミドルホール。距離70メートル、パー4。

高い丘からの打ち下ろしで、かなり幅広いフェアウェーの左サイドは、OBの杭に囲まれた縦長なアカエゾ松の柵に区切られ、右サイドは、ダウンヒル気味のラフである。フェアウェーの直線の突き当たり60メートルの処に横並びのアカエゾ松の柵があり、その根許にOBの杭が見える。

フェアウェーは、横並びのアカエゾ松の柵の手前から左へ緩《ゆる》くドッグレッグしていて、曲り端の右側に、一際《ひときわ》大きいハルニレの樹が聳《そび》えている。脇を通過して5メートル先になだらかなマウンドがある。中央にピンの見えるグリーンは綺麗《きれい》に刈りこまれて打ち易《やす》い。

オナーの弘美は、先刻の快挙から皆の期待に答えなければならないと思いこみ、気負いが先行して体は固くなっていた。一呼《ひと》吸入れて気負いを解《ほぐ》せばよいのに、そのまま急《せ》かれるようにティーショットを打った。上体や膝が伸び切った固いフォームである。ゴロになって坂を下ったピンクのボールは、フックして左サイドのアカエゾ松の根許を擦《す》れ擦《す》れに転がり、OBラインを辛うじて避けながらフェアウェー内にやっと止まった。距離にして半分の35メートルにも届かなかった。エレベーターのようにスコアが上下する勝負の厳しさを味合った弘美は、興醒《きょうざ》めた面付でティーグランドを降りた。

「好調な後《あと》に不調がくるもんだよ。この後《あと》頑張ればいいんじゃないの」

助松が、再び弘美を慰め励ました。

２番打者の豪は（あくまで優勝することで、それ以外は考えられない）と、勝利優先主義者に徹していた。優勝のみに何故執着するのか？　ゲームを面白可笑しく楽しんでいる新吾には、その真意が解せなかった。殊《こと》に今回の大会では、嘗《かつ》て見せたことのない悲愴感を漂わせており、いつもの月例大会とは違う執念を滾《たぎ》らせている。

額や鼻面に汗を掻《か》き、頬も紅潮している豪は、ティーグランドに置かれている備え付けの擦《す》り切れたティーを脇へ除《よ》けた。この使い古しのラバーティーは、摩耗が激しく、高さが通常の2.3チ《セン》よりもかなり低くなっていた。２ミ《リ》低くても飛行距離に影響がでる。豪は、代りにズボンのポケットから、携帯している新品のティーを取りだし、白いボールをティーアップした。摩耗していない分だけ飛距離が出る算段である。ＰＧのルール上の建前は、ティーグランドに備え付《つ》けのティーを使用することになっているが、申し合わせや使用するＰＧ場の規則がない限り、携帯しているティーの使用も認められている。傍《かたわ》らに控えている新吾も別段気にかけることもなく、豪のティーショットを見守った。

フェアウェーの外来種の芝草は、意外と厚く、打球は思うように走らないので、打ち下ろしの有利さを活《い》かして、思いっきりフライヤーをかけ遠方へ飛ばすのが要領《こつ》である。

新吾の予想通りアドレスに入った豪は、目標の60メートル先の巨樹ハルニレを睨んでいる。

「パーン」

豪のティーショットが炸裂して、白いボールが宙に舞いあがった。目標のハルニレの巨樹は左寄りにある。フックをかけて打たなければならないのに、勝とうとする気負いが強過ぎるために力《りき》みが肩にこもった。忽ちクラブのヘッドのインサートが開き、白いボールは、スライスしながら60メートル地点の右寄りのアカエゾ松の柵に飛びこんだ。

「グハーッ」

豪は、悲痛をあげ、唇を噛んだ。三人のチームメイトも固唾を呑んで見守った。

だが、あくまで運の強い豪であった。白球は、アカエゾ松の柵の手強い幹に遮《さえぎ》られ、ポーンと斜めに撥ね返ると、左側のフェアウェーに近い草地に転がって止まった。

「運も実力の裡《うち》か」

呆れた助松が、羨し気に呟いた。

命拾いした豪は、足許の携帯用のティーを素早く拾い、ズボンのポケットに仕舞った。

その時、偶然に携帯用のティーの底裏が、背後に近づいた新吾の目に止まった。

（えッ、真逆か？　そんなこと。いやあり得ない）

新吾は、思わず自分の目を疑った。

以前に「飛距離を伸ばすためにティーの底裏を厚くする」と人伝《ひとづて》えに聞いたことがある。弾力のあるゴムで造られている高さ2.3センチのラバーティーは、公認規格で打球を乗せる直径2.5センチの円筒と、その土台になる直径10.4センチ、厚さ3ミリの円形ゴムとの組合わせになっていた。手を加える場合、先ず台を切り取り、縁《ふち》の部分を4ミリ程カットする。直径10センチ位の円形の台に造り直し別なティーの台の底裏に重ねて貼ると、縁《ふち》の部分がカットされているので重ね合わせた台は見えにくくなり露見しない。ティーが3ミリ高くなると、飛距離は従来より10メートルは伸びる。見付かれば失格になるが、殆ど気付かれないのが実情である。

チームメイトの誰もが、そんな細工をする筈はない。と信用し合っているし詮索する暇はない。皆自分のショットを成功させることで頭が一杯なのである。

(あああ、そ、それは)

と言いかけて、声をゴクリと飲みこんだ新吾は(咎《とが》めるべきか、黙殺すべきか)の決断に一瞬迷った。後続の別なチームが、直ぐ後《あと》に迫っている。愚図々々《ぐずぐず》してはいられない。

(豪は、不正の罰が当たって、既《すで》にショットを失敗している。それ以上の罰を与《あた》える必要があろうか。俺にはどしてもできない。………

………小学校四年生の時、教室の入口の廊下に蠟《ろう》を塗って、女性教師が滑ってひっくり返った悪戯《いたずら》事件があった。蠟《ろう》を塗らせたのは、腕白盛りの新吾であったが、実行犯の豪は、決して主謀者の新吾を明かさず、潔《いさぎよ》く単身《ひとり》で校長からこっぴどく焼きを入れられ、終日教壇の隅に立たされた。名乗りでなかった新吾は、今もって卑怯さが胸につかえている。この負目《おいめ》を晴らさずには、死んでも死にきれない思いであった。あの時の借《か》りを返す絶好のチャンスではなかろうか）

せっかくの楽しみを、こんなことで毀《こわ》したくはない。勝敗は、あくまでプレーの上で決めるべきで、このような後味《あとあじ》の悪い思いで勝ちたくはない。しかも、豪には、どうしても勝利をかちとりたい何かの理由が、強く秘められているように思えてならない。何かがある豪。それならば尚更《なおさら》のこと、小さい時から培《つちか》ってきた篤《あつ》い友情を無にしてまでも、豪に汚名を着せ、自分だけがいい子にはなりたくない。

＝矢張り、俺の目の錯覚だったのさ＝

目を潰《つぶ》った新吾は、気持を入れ替《か》えた。

（ミスショットの豪は、よくて第４打《パーパット》だろう）と予測した新吾は、少しでも差を縮めるまたとないチャンスに心踊《おど》った。

（冷静になるのだ）と、新吾は、逸《はや》る気持を抑え、肩の力を抜いてアドレスに入った。それが功を奏して、自分でも信じられないミラクル・ショットになった。

ビューンと弧を描いた赤いボールは、イメージした60メートル《メートル》先のハルニレの巨樹の左脇まで快調に飛んで、フェアウェーに着地した。

豪は、一旦フェアウェーに白いボールを出すと、必死な思いでグリーンに乗せ、第4打《パット》を強引にねじこんだ。激しく汗を掻いていて、横縞模様の白い半袖シャツの背中が濡れている。

新吾は、第2打《アプローチ》でグリーンにオン。第3打《パーパット》でバーディーを決めた。

助松は、終盤戦も不調続きで、第5打のボギーになった。弘美は、堅実に打ち継《つ》いで、パー《パー》4でカップインした。

豪と新吾の差は、2打に縮まった。助松は、首位の豪とは11打差に開き、弘美は、8打差と変わらなかった。

泣いても笑っても最終ホールを残すのみとなった。勝負の決着が近づくにつれ、メンタルな比重が増え、体が思うように動かなくなってくる。

(九)

9番、平坦なミドルホール。距離44メートル、パー4。コースは、左へ緩《ゆる》やかにドッグレッグしている。フェアウェーの右サイドは、セミラフのダウンヒル。左サイドは、くの字型のアカエゾ松の長い柵で、根許は湿った低地帯である。フェアウェーは、外来種の芝草が斑《むら》状に生えている荒地で、地形が左サイドの低地へ傾いている。低目のマウンドは、楕円形で、濃いグリーンの端にピンが立ち、背後に半円形の深いバンカーが口を開けている。

新吾は、最終ホールをオナーで迎えたことをラッキーだと思った。それまでの我慢続きのゲームを振り返って（遂に俺にも好運《つき》が回ってきたか）と勇躍した。後《あと》は、一か八かの攻勢にでて先行するのみである。

ティーグランドに立った新吾は、丹念にコースを読んだ。左流れになるフェアウェーの傾きからティーアップの位置を右端にとった。右サイドのダウンヒルのセミラフは、打ち上げになる登りのコースが逆目で、打球が下りになると順目に変わりスピードを増す。謂るダウンヒルの裾を、大きく抛物線を描いて転がすフック打ちになる。新吾は、右足をやや後《うし》ろに引き、体を丘の裾に対面させ、膝を挫さない楕円形打ちを心懸け、強目にスイングした。

赤いボールは、勝利の女神が乗り移《うつ》ったかのように裾伝いに左へ大きくカーブしながらマウンドのグリーンに勢いよく乗った。打球は止まらず一直線にカップを目指した。誰もが鳥肌立つ思いで竦《すく》んだ。赤いボールは、カップの丸い縁《ふち》をきわどく一周して1メートルの処に止まった。絶妙なショットは、起死回生の一打になった。

「奇跡、奇跡、ポロシリの大奇跡だべ」

助松が、甲高い声を張りあげて、次に控える豪へ知らせた。

新吾は、満面微笑を浮かべながら「お先に失礼」と断って第2打《イーグル》を決めた。

晴天の空模様が、日高の山裾の高原らしく急に怪しくなってきた。冷たい風が、広尾の海側から日高の山脈へ吹き始め、黒い雨雲が瞬く間に頭上を覆った。今にも泣きだしそうである。

2番打者の豪は、額の横皺を更に深め一層険しい表情になった。豪が勝つには、第3打のバーディーまでで、パー4になるとタイになる。クラブを握る豪の手が、小刻みに顫《ふる》えだした。

豪は、勝っている時の鉄則＝無理打ちせず、手堅く確実にとる＝に捉われて、気持が守勢に回ってしまった。新吾と同様にダウンヒルの裾回りをカーブさせてピンを狙うフック打ちをみせたが、守勢の気持から打球に勢いがなかった。白いボールは、裾回りの途中から失速してフェアウェーの左サイドの湿った低地帯に転落した。ピンから15メートル《メートル》手前である。顔色を失くした豪は、第2打《アプローチ》を必死に強打した。寄せ打ちの上手な豪である。白いボールは、一直線にピンへ向かった。このままカップインすれば豪の勝利が決まる。

（やったか?!）

新吾が目を皿にした瞬間、白いボールは、カップの縁《ふち》に当たってバウンドすると、カップを跨いでピン裏のバンカーに落ちた。

「あー、カップに蹴られたか、此畜生《こんちくしょう》ッ」

豪は、悲痛な面付でバンカーに駆け寄った。ガクッと気落ちして倒れそうになる。次の1打が入らないと豪の勝利はお預けになる。

（何糞ッ、まだ望みはある。頑張るのだ）

絶望的な状況の中で、優勝への執念のみが勝負師の豪を奮い立たせる。

新吾は、手に汗を握る思いで観戦している。豪のミスパットを期待しながらも、親友として是非パットを決めて欲しい矛盾した複雑な思いである。

白いボールの止まっている半円形の深いバンカーの砂地は、硬《かた》くて打ち易《やす》かった。豪は、やや被せ気味に打ち上げた。祈る気持で見守る白いボールは、コロコロとカップを目指してゆく。豪は、体を前傾させながら目で追う。が、又しても非情であった。白いボールは、カップの縁《ふち》を再び綱渡りのように転がり抜けた。カップに嫌われた豪の顔付が、泣きだしそうな空模様と同様になった。

結局、豪は、パー4で最終ホールを終え、通算で新吾とタイの52打になった。不調でも大崩れせずなんとか負けないスコアに持ちこむ豪の技量は流石であったし、まだプレー・オフの道が残されている。

助松と弘美は、第4打《パーパット》で仕上げたが、惨敗の助松は、重い足を引き摺《ず》るようにして、ホールアウトした。

試合の終了を待っていたかのように飛沫《しぶき》立つ俄雨になった。表彰式を兼ねる広場の宴会用大テントに、同点首位に立った新吾が、足も軽やかに駆けこんだ。続いてプレーヤー達もどっと駆け入った。既に地元部落の婦人部の女性達が、成吉思汗《ジンギスカン》料理を用意しており、気の早い者が、美味しそうにパクついている。

大会の役員達が、ボートに成績順位表を貼った。18ストロークプレーの首位は、矢張り豪と新吾の52打であった。

宴会場で同席している助松が、新吾に小声で打ち明けた。

「孫の顔見たさに嫁《とつ》いだ娘さんの処へ、一度でいいからどうしても行きたいって、豪が言ってるんだ」

小規模な電気店を営む豪は、若い頃から賭麻雀狂で、愛想を尽かした女房に疾《と》うの昔に逃げられていた。勝負師の本領発揮と言いたい処だが、生活は恵まれなかった。別れた女房は亡くなったが、形見の一人娘は、ガム島で孫達と元気に暮らしている。豪の運転免許証入れには、孫の可愛い顔写真が忍ばせてある。新吾は、優勝者に贈られる沢山の賞品の中に、豪が立ち停まって瞶《みつめ》ていた帯広商工会議所提供のガム島四泊五日の招待券があったのを憶い出して（そうだったのか）と頷いた。豪の優勝への異常な執着は、この招待券の獲得にあったのだ。

軈《やが》て立派な髭を生やした大会役員が、新吾の席にやってきて訊ねた。

「規定《ルール》通り、ニヤーピンによるプレーオフを行うのかね？　それとも生年月日の早い順にしますか？」

新吾は、俄雨なので直ぐに晴れることを知っていた。又、豪よりも遅い生まれであることもわかっていた。それでいて、迷うことなく申しでた。

「生年月日で決めて下さい」

「えーと……じゃー、北島豪さんの優勝になりますね」

「ハイ、よろしいです」

新吾の返事も、表情も清々しかった。どのような経緯があろうとも、豪の腕前は、誰の目にも一流であり王者であった。その王者と肩を並べただけでも新吾は光栄であった。謂ば、新吾の無心さが豪の下心に打ち勝ち、同点になったゲームと言えた。

宴会が終了する頃には、俄雨も上がり、東の空に、くっきりと夢のような美しい虹がかかった。

新吾は、祝勝の二次会になるカウベルハウスへ向かおうとして、自分の車に乗りこんだ時、豪が、小さな鉢を抱えてやってきた。見ると、黒みがかった紫の花を可憐に咲かせている鉢植えの黒百合であった。

豪は、助松から「新吾の奥さんが欲しがっている」と聞かされたのだ。

「これ、帯広市の花なんで、市長賞として貰ったが、独身《ひとりみ》の俺には育てられない。お前にやるから奥さん孝行しな」

「サンキュー、豪も良かったな。ガム島に行けて」

「おお、お陰でな」

太い眉の男らしい顔立の豪の目に、キラリと光るものがあった。


（了）

あとがき

ＰＧ（パークゴルフ）は、高齢化社会にふさわしい新分野の気軽で手軽なスポーツと言えよう。歴史は浅いのだが、北海道では、高齢化時代を反映してＰＧブームである。

熟年期の私も、かなり年季を入れて親しんできたが、今でもスキッとする程愉しい。この楽しさをどうしたら全国の方々に伝え知ってもらえるだろうか？　と思案を重ねている裡《うち》に、ＰＧの小説を書いてみたら、と思い立った。ＰＧ小説は、まだ誰も書いていない。手本になる作品は全くない。

——手に汗を握る白熱のゲームの中で、面白可笑しくプレーヤーの姿を描きながら、熟年の思慮《しりょ》深い友情を咲かせる物語り——

と、大筋を決めた。更に、日々話題にのぼる高齢者の家庭崩壊と孤独、高齢者の性、更年期《こうねんき》障害などを、プレーの場面の緊張を損ねない程度に分散織りこんで深みをつけた。

かくて、処女地を開拓するような不安と期待の入り混った思いでは、作品は完成した。

私自身は、小説家を志望して四十七年。三十代後半から、地元雑誌の連載小説などを書き続け、本格的に執筆生活に入ったのは、年金受給による生活の心配がなくなった六十五歳からである。

こつこつと三十数年に及ぶ連載小説などの執筆が、知らぬ間に〝厳しい小説修業〟になっていたようである。

尚、作品の取材に協力下さいましたポロシリ高原PG同好会会長の近野正男氏はじめ、出版に当たり、帯広市長砂川敏文氏の寄稿、本の題字には、長沼透石氏の揮毫、更に、文芸社のスタッフの方々のご尽力と、大変お世話になり、篤くお礼申しあげます。

著者略歴

いなば　仁（いなば　ひとし）

1932年5月22日、北海道帯広市生れ。

大学在学中に、劇作家故植草圭之助氏に師事。出版社、地方自治体、新聞記者、綜合タウン誌『十勝ジャーナル』編集長を経て、稲葉文芸社を設立。綜合タウン誌『マイ・ウェイ』を発刊。平成9年同誌廃刊後、文芸作品の執筆に専念。昭和48年5月、帯広市開基90年市政施行40年記念行事『十勝ジャーナル』連載懸賞小説に当選受賞。小説、戯曲など地元各紙誌に発表、好評を得る。保護司、法務大臣表彰。

帯広市民文芸入選一回。昭和63年7月、小説ノーティボイ、芍薬等を納めた単行本を東京経済社から発刊。犯罪、時代活劇、社会、恋愛小説など執筆分野は広い。趣味は、ミニSLでマニア。

住所　北海道帯広市西3条南23丁目8
Tel・Fax…0155-23-7124

ポロシリのPGに咲く花

2000年8月20日　初版第1刷発行

著　者　いなば仁
発行者　瓜谷綱延
発行所　株式会社文芸社
〒112-0004　東京都文京区後楽2-23-12
電話　03-3814-1177（代表）
03-3814-2455（営業）
振替　00190-8-728265
印刷所　株式会社平河工業社

ISBN4-8355-0638-3 C0093